Onderdanige speler vrouw

Erotische Domination-collectie

Erika Sanders

Onderdanige speler vrouw

Erika Sanders

Serie
Overheersing en erotische onderwerping

Korte inhoud

Linda is op een meidenavondje uit.

Maar, de een na de ander, annuleren haar vrienden haar aanwezigheid totdat ze zich realiseert dat ze de nacht alleen zal doorbrengen.

Hij besluit een beetje bij de casinomachines te spelen om te zien of hij op deze slechte avond in ieder geval wat geld aanneemt.

Ze krijgt een prijs en als ze die gaat inwisselen voor geld, ontmoet ze een aantrekkelijke man die haar benadert ...

Onderdanige speler vrouw is een roman met een sterk erotisch BDSM-gehalte en, op zijn beurt, een nieuwe roman die behoort tot de Erotic Domination-collectie, een serie romans met een hoog romantisch en erotisch BDSM-gehalte.

Opmerking over de auteur:

Erika Sanders is een internationaal bekende schrijfster die haar meest erotische geschriften, weg van haar gebruikelijke proza, signeert met haar meisjesnaam.

Inhoudsopgave

ONDERDANIGE SPELER VROUW
ERIKA SANDERS

11

EERSTE DEEL

13

HOOFDSTUK 1

'Het is oké Gloria. Ik snap het.'

Linda stopte bij de ingang van het casino en keek naar alle zwaailichten.

Ze zou een meidenavondje hebben met haar drie beste vrienden.

Voordat ze vertrok, had Julia gebeld om haar te vertellen dat haar dochter griep had en dat ze niet alleen met haar man het huis uit wilde gaan.

Linda dacht dat haar man niet voor hun dochtertje wilde zorgen, maar dat hij niet betrokken zou raken bij het verwrongen huwelijk van haar beste vriendin.

Angie had gebeld terwijl ze naar het casino reed.

Ze mompelde een excuus dat ze niet kon gaan, maar door haar gekreun wist Linda dat ze weer bij haar vriend was die naar de stad was teruggekeerd.

Toen dacht hij dat hij een leuke avond zou hebben met Gloria, maar toen had hij het ook afgeblazen.

Hij had niet eens op haar excuus gelet.

Ze had nog geld in haar portemonnee en besloot dat ze vanavond zou proberen om in haar eentje plezier te hebben.

Hij liep naar een lege gokautomaat en sloeg een twintig.

Zonder na te denken begon hij op de knoppen te drukken en toen de machine begon te piepen, realiseerde hij zich dat hij een grote som geld had gewonnen.

Het was niet de jackpot, maar nadat het tikken was afgelopen, realiseerde hij zich dat hij meer dan duizend credits had.

Linda deed de snelle rekensom in haar hoofd en realiseerde zich dat het meer dan tweehonderdvijftig dollar was.

Hij drukte op de kredietknop en de bon spuugde.

Linda glimlachte breed.

Hij had nog nooit iets gewonnen in het casino en hier was hij met wat hij beschouwde als een grote som geld.

Hij keek rond en probeerde de kassamedewerker te vinden.

Hij was aan de andere kant van het casino en toen hij daar aankwam, deden zijn voeten pijn.

Ze had deze schattige hakken gekocht voor het uitje van vandaag, maar nu deden ze haar tenen pijn.

Hij ging in de rij staan en wachtte bij de kassamedewerker op zijn beurt.

'Misschien zit u in de verkeerde rij.' Linda schrok toen ze een warme ademhaling op haar oor voelde.

Ze draaide zich om en zag dat ze oog in oog stond met een man die langer was dan ze in een pak droeg.

"Neem me niet kwalijk?" Linda had genoten van het gevoel van zijn ademhaling in haar nek en besefte dat ze niet eens het effect op haar had opgemerkt.

Ze wist ook niet wat hij bedoelde met de verkeerde rij.

'Je zit in de Golden Privilege-lijn. Ik zie dat je tweehonderdvijftig dollar hebt gewonnen op een gokautomaat. Deze lijn is voor spelers met een hoog risico.'

Linda's gezicht werd rood.

Hij kon niet eens in de juiste rij staan.

Zijn lip trilde en het plezier dat hij beleefde aan het winnen bij de gokautomaat loste langzaam op.

"Het spijt me."

Linda draaide zich om om de rij te verlaten.

Ze begon zenuwachtig te worden.

'Nee. Wacht. Ik wilde je niet lastig vallen. Luister, we gaan samen. Ik weet dat Rachel, die vanavond contant werkt, het niet erg zal vinden.'

Linda keek alleen maar toe terwijl de lange vreemdeling haar naar het juiste hokje leidde.

Hij glimlachte en stopte bij Linda.

Ze gaf de vrouw het kaartje en ze gaven haar het geld in biljetten van vijftig en honderd dollar.

Hij wendde zich af van de toonbank en keek met verbazing toe hoe de man hem een stapel bankbiljetten overhandigde en in ruil daarvoor gaf ze hem een klein aantal penningen.

Linda wist genoeg van casino's om te weten dat elk van die fiches een grote som geld waard was, veel meer dan ze zich kon voorstellen.

'Dus je gaat gewoon het geld sparen en gaan?'

Linda knipperde met haar ogen.

Ze realiseerde zich pas dat hij naar haar keek, totdat hij haar plaagde.

'Oh sorry. Ik ben niet gewend om zoveel contant geld te zien. Ik had de nacht moeten doorbrengen met een paar vrienden, maar ze hebben allemaal afgezegd.'

'Mijn naam is Peter Wilson. Ik ga naar de blackjacktafel. Je kunt meedoen als je wilt. Ik ben alleen vanavond en ik zou graag een mooie blondine naast me hebben om me geluk te geven.'

Linda bloosde.

Ze vond zichzelf nooit mooi.

Het woord 'mooi' gaf haar veel meer zelfvertrouwen.

Ze dacht er even over na en dacht dat het geen kwaad kon om met hem mee te gaan.

Ze was vrijgezel.

Ze had tweehonderdvijftig dollar verdiend, waarmee ze de huur zou betalen.

"Het is in orde." Linda hief haar hoofd en glimlachte naar Peter.

'Ik ben blij. Laten we gaan.'

HOOFDSTUK 2

Peter leidde Linda door het casino naar een van de ruimtes achterin.

Er waren een groot aantal kaarttafels en hij had zijn ogen gericht op een specifieke.

"Wil je spelen?"

'Eh, natuurlijk. Maar heb ik die penningen niet nodig?'

Peter lachte.

Ze was zo lief en schattig en hij dacht dat hij waarschijnlijk niet eens zou beseffen hoe sexy ze was.

'Je kunt een beetje van de mijne gebruiken.'

"Oké, dankjewel"

Ze kwamen naar de tafel en gingen zitten.

Zijn been raakte het hare en ze duwde het niet weg.

Hij gaf haar wat chips en ze hapte naar adem toen ze zag dat ze elk duizend dollar waren.

Ze overhandigde de dealer de chip en hij wisselde de kaart in.

De eerste hand was moeilijk omdat hij niet de juiste woorden kende om te zeggen, hij wist gewoon dat zijn kaarten samen 21 moesten zijn en niets meer.

Ze verloor de eerste hand, net als Peter.

'Het spijt me zo Peter.'

"Sst" Peter legde zijn hand op de hare. "Geniet gewoon."

Linda knikte en de volgende drie handen won ze en verloor hij.

Er kwamen nog een paar mensen bij en toen een ober om een drankje vroeg, bestelde ze terloops een cola light.

Hij voelde zijn mobiele telefoon rinkelen en toen hij hem ging ophalen, realiseerde hij zich dat hij er al meer dan drie uur stond.

Ze zag dat Gloria belde en besloot niet op te nemen.

"Alles is in orde?"

Peter zag dat Linda een beetje overstuur was en realiseerde zich niet eens dat haar gezicht geschokt was toen ze de nummerherkenning zag.

'Ja, goed. Ik wist niet dat het zo laat was.'

"We spelen nog een hand."

Peter sprak met de dealer en nadat ze allebei hun laatste hand verloren, verlieten ze de tafel.

Peter hield terloops haar hand in de zijne.

Hij was meestal veel agressiever dan dit, maar iets zei haar dat assertiever zijn haar bang zou maken.

Peter leidde haar terug naar de kassamedewerker en glimlachte naar Rachel terwijl ze de fiches weer overhaalde naar het geld.

Linda's ogen werden groot toen Rachel meer dan tienduizend dollar telde.

Hij vouwde de rekeningen op en stopte ze zorgvuldig in zijn portemonnee.

Peter glimlachte maar zei niets.

Ze gingen naar de hoofdingang en stonden in het grote atrium.

Het casino was verbonden met een hotel en er was een glazen loopbrug die de twee met elkaar verbond.

De winters in de stad waren koud en het was slecht voor de zaken om hotelgasten in een sneeuwstorm naar buiten te laten lopen om bij het casino te komen.

"Dus ik zal eerlijk zijn en het zeggen. Ik vind je erg aantrekkelijk. Je bent schattig, mooi en slim. Ik vond het heerlijk om vanavond tijd met je door te brengen. Normaal gesproken zou ik je uitnodigen in de hotelbar voor een drankje en hoop dat dat na een paar drankjes zou je bereid zijn om naar mijn suite te gaan. Ik denk dat je op dat moment ja zou kunnen zeggen. Ik sla die stap over en vraag je of je naar mijn hotelkamer wilt gaan. Je kunt zeggen nee, maar iets zegt me dat je ja zult zeggen. "

Linda keek Peter aan.

Ze had hem net een paar uur geleden ontmoet, maar hij wist precies wat ze wilde.

Ze dacht dat hij zich had opengesteld en vertelde haar dat hij samen naar hun hotelkamer wilde gaan.

Hij was lang, knap, rijk, intelligent en ze hadden genoten van elkaars gezelschap tijdens het spelen van blackjack.

Hij was zo zeker van zichzelf, maar het was in zekere zin dat hij zeker van zichzelf was dat haar heel aantrekkelijk vond.

Haar laatste vriendje was zo smerig dat ze het al een paar maanden niet meer had kunnen verdragen.

Haar vrienden vertelden haar dat ze veeleisend was, maar dat ze de beste vriendjes hadden.

Dat was natuurlijk de reden waarom ze alleen in het casino was gedumpt toen het een meidenavondje moest zijn.

'Waarom denk je dat ik ja zeg?'

'Ik kan me voorstellen dat je hier bent om een stomme vriend te vergeten die het uitgemaakt heeft of dat sommige vrienden je hebben verlaten voor dingen die belangrijker zijn dan tijd doorbrengen met hun symbolische vriend.' Peter bukte zich en streek met zijn lippen tegen haar voorhoofd. 'Slechts één nacht. Geen voorwaarden.'

Linda kreunde.

Hoe kende hij haar zo goed?

Ze knikte alleen maar en toen hij zijn arm om haar schouders sloeg, smolt ze in zijn armen.

HOOFDSTUK 3

Ze liepen het korte stukje naar het hotel en hij liep naar de liften.

In plaats van de hoofdliften te gebruiken, stak hij zijn sleutel in een sleuf voor een afgelegen lift.

Linda keek om zich heen en staarde met open mond.

Het hotel was fraai ingericht en het feit dat hij een aparte lift gebruikte, duidde erop dat hij een van de suites op de bovenste verdieping had.

Ze stapten in de lift en hij kuste haar eerst.

Het was een harde kus en ze voelde haar knieën knikken.

Hij omhelsde haar stevig en drukte haar tegen de muur.

Zijn tong bewoog tegen haar lippen en toen ze haar mond opendeed, schoof hij haar naar binnen.

Peter genoot van het gevoel van Linda's lippen.

Ze waren zacht en nat en het enige wat hij wist was dat hij haar wilde hebben.

Tegen de tijd dat de liftdeuren opengingen, hijgde Linda hard en drukte Peters pik oncomfortabel tegen haar geklede broek.

Hij deed een stap achteruit en haatte het gevoel dat zijn lippen van de hare loskwamen.

De lift was opengegaan naar de suite en Linda hapte naar adem.

Het was twee keer zo groot als haar appartement en ze besefte dat het gewoon de woonkamer was.

Er waren twee deuren aan elke kant en ze zag een deur naar het balkon.

"Doe Maar."

Peter leidde haar naar binnen en leidde haar de kamer in.

Het bed was een King Side en de kamer rook naar lavendel en mannengeur.

Het was niet de normale geur van een hotelkamer.

Peter trok Linda naar zich toe en kuste haar.

Het was een diepe kus en hij probeerde te vertragen, maar het lukte niet.

Hij leunde haar tegen het bed en begon haar jurk uit te trekken.

Linda liet haar armen naast hem vallen en liet zich door hem uitkleden.

Toen haar jurk over haar lichaam gleed, knoopte hij haar beha los.

Hij gooide het opzij en begon haar tepels te strelen.

Ze viel op haar knieën, trok aan haar slipje en zodra ze haar enkels bereikten, trok ze ze uit en gooide ze in dezelfde richting als haar beha.

"Je ruikt heerlijk." Peter deed haar schaamlippen uit elkaar en likte zachtjes haar klitje. "En God, je smaakt geweldig."

Peter duwde haar op het bed en verwijderde zijn das.

Hij drukte zijn lichaam tegen het hare en leidde haar naar het bed.

Ze keek hem alleen maar met grote ogen aan en toen hij zijn handen over haar hoofd duwde en de zijden stropdas om haar polsen en het hoofdeinde bond, zei ze geen woord.

'Je bent vanavond van mij.'

Peter kleedde zich snel uit en nestelde zich tussen haar benen.

Hij spreidde zijn lippen weer en begon haar druipende poesje te likken.

Ze smaakte zo goed en elke keer dat ze hem likte, werd ze natter.

Hij stak twee vingers in haar hol en voelde haar kronkelen.

'O god, Peter. Ik moet komen.'

Linda kronkelde en vastgebonden aan het bed was erg opwindend voor haar.

'Je komt pas als ik het zeg.'

Zijn stem was erg gezaghebbend.

Antwoordde Linda kreunend.

Ze knikte en probeerde zichzelf in bedwang te houden.

Ze was nog nooit zo opgewonden geweest en wilde hem smeken en vragen of ze haar wilde laten komen.

Peter stond het niet toe.

Hij bracht haar dichter bij een orgasme en stopte toen.

Na de derde keer trok ze aan de das, maar ze wist dat hij haar perfect had vastgebonden.

Strak genoeg zodat het niet los kon komen, maar niet strak genoeg om de bloedcirculatie af te sluiten.

"Nu kom je klaar." Peter siste die woorden en stak drie vingers diep in haar kutje.

De combinatie van zijn vingers in haar en zijn stem, die eiste dat ze zou komen, duwde haar over de rand.

Ze kwam zo hard dat het een beetje ontsproot.

Toen hij klaar was, stak Peter zijn hand uit en maakte de dassen los.

Hij trok haar naar zich toe en glimlachte toen ze zijn borst als kussen gebruikte.

'Je bent moe schat. Ga slapen.'

Peter haalde zijn vingers door haar haar terwijl ze in slaap viel.

HOOFDSTUK 4

Linda deed haar ogen open en probeerde zich te herinneren waar ze was.

Ze voelde iets hards en warms tegen haar wang en zag dat Peter naast haar hoofd knielde.

"Zuig maar. Nu."

Linda's gedachten waren aan het racen.

Ze herinnerde zich dat ze Peter in de rij voor de kassamedewerker had ontmoet.

Ze hadden de hele nacht samen blackjack gespeeld en waren teruggekeerd naar hun hotelkamer.

Zijn pik drupte van voren en hij leidde haar in zijn mond.

Ze was niet zoals voorheen aan het bed vastgebonden, maar ze zoog gretig aan zijn pik.

Hij was bot tegen haar en stak zijn pik diep in haar keel.

Ze verslikte zich een beetje en hij liep achteruit.

De ene hand leidde zijn pik in en uit haar hete mond terwijl de andere haar vingers door zijn haar haalde.

'Noem me meneer. Je bent van mij tot ik je laat gaan. Maak het nu sterker.'

Linda knikte en ging op haar knieën zitten.

Ze zat voor hem toen hij op het bed knielde en terwijl ze aan zijn kloppende lid bleef zuigen, streek hij met zijn handen langs haar kont.

De eerste klap was sterk en hard.

Linda kreunde, maar durfde niet te stoppen met zuigen aan zijn pik.

Hij sloeg weer op haar kont en deze keer voelde ze het prikken.

Keer op keer gaf hij haar een pak slaag en bij de vierde pak slaag was ze volledig ontspannen en slikte ze zijn pik met gemak door.

Peters ogen rolden terug bij zijn uitdrukking.

Ze was een goede klootzak.

"Ik zal je nu neuken."

Linda knikte en bewoog zich zodat ze op het bed kon gaan liggen.

Hij klom bovenop en begon zijn pik in haar te laten glijden.

'Hebben we een condoom nodig?' Peter stelde de vraag kalm.

Hij wist dat hij het moest vragen en hij wenste dat ze het juiste antwoord had.

"Ik neem de pil."

Linda wachtte om zijn gezichtsuitdrukking te zien.

Was dat het juiste antwoord voor hem?

Ze wilde hem heel graag een plezier doen.

Peter knikte en duwde haar op zijn pik.

Het was dik en haar kutje rekte meer uit dan ze gewend was.

Hij trok haar hard en snel aan zijn pik.

"Berijd me sterker."

Peter greep haar ronde kont en liet haar op zijn pik springen.

Het voelde zo goed dat hij bijna de controle verloor.

Bijna.

'Knijp in je tepels voor me. Hard.'

Linda knikte en kneep in haar kleine roze tepels.

Ze huiverde een beetje van de pijn.

"Sterker."

Peter keek haar boos aan en ze was wanhopig om hem een plezier te doen.

Ze kneep erin en trok er een beetje aan.

Haar borsten waren vrij groot, maar haar tepels waren altijd gevoelig geweest.

"Nee, zoals dit." Peter haatte hoe zachtaardig hij was.

Hij stak zijn hand uit en pakte haar tepels tussen zijn duim en middelvinger.

Hij zette de twee bij elkaar en keek toe terwijl Linda haar hoofd achterover gooide en kwam.

Hij gromde terwijl ze haar heupen snel tegen zijn pik bewoog en zo diep duwde dat zijn pik de ingang van haar baarmoeder raakte.

Hij bleef knijpen en voelde dat hij weer terugkwam.

Haar kutje klopte en gutste allemaal tegelijk.

Hij liet haar tepels los en ging haar binnen.

Hij vloekte hardop toen hij aankwam.

Het was zo krachtig dat ze zijn pik in haar voelde uitzetten.

Linda was nauwelijks bij bewustzijn toen ze probeerde te blijven zitten.

'Braaf meisje. Je bent mijn meisje. Mijn baby.'

Linda kon alleen maar knikken toen ze voor hem in elkaar zakte en flauwviel.

HOOFDSTUK 5

Linda werd 's ochtends wakker en merkte dat ze alleen in bed lag.

Ze was naakt en haar hele lichaam deed pijn.

Toen ze rechtop ging zitten, rook ze eieren en spek en vroeg ze zich af of Peter ontbijt had besteld.

Hij kwam uit bed en zocht iets om aan te trekken.

De badkamerdeur stond open en aan een van de haken hing een wit gewaad.

Hij deed hem aan en keek gelukkig niet naar zichzelf in de spiegel.

Als ze dat had gedaan, zou ze de markeringen op haar polsen van de zijden das hebben opgemerkt, samen met de roodheid van haar tepels door de draaiing.

En haar kont was een mooie roze tint.

"Goedemorgen." Peter zat aan de eettafel te ontbijten.

Er was een andere plek en Linda ging zitten en schonk wat sap voor zichzelf in.

"Hoe heb je geslapen schat?" Peter droeg zijn pak, maar hij vond het geweldig hoe mooi Linda eruitzag in alleen de mantel.

'Ik heb heel goed geslapen. Ik heb wel een beetje pijn.' Linda's gezicht werd rood.

Ze schaamde zich om toe te geven dat ze het gevoel had pijn te hebben.

Ze wilde meer, maar wist dat haar afspraak de avond ervoor een avond van vrijblijvende seks was.

'Ik ben blij. Ik heb ook heel goed geslapen. Ik ben er zeker van dat het verdomd verdoofd zijn van een blond vuurwerk hielp.'

"Voetzoeker?" Linda had die term nog nooit gehoord, maar was op haar gemak genoeg om het te vragen.

"Ja. Je bent klein, klein en licht. Je bent gemakkelijk te dragen en stuitert op mijn pik terwijl je er wild en sexy uitziet. Ik vond het geweldig."

Linda's gezicht werd een andere kleur rood.

Ze was normaal gesproken kalm en romantisch tijdens seks en toen de herinnering aan de avond ervoor voor haar ogen verscheen, realiseerde ze zich van een kant waarvan ze niet wist dat die bestond.

Linda antwoordde niet.

In plaats daarvan begon ze haar ontbijt te eten.

Hij had honger en dacht dat alle buitenschoolse activiteiten van de avond ervoor calorieën hadden verbrand.

"Dus ik weet dat ik het gisteravond had verwacht en ik weet dat ik zei dat ik geen seksuele condities had, maar ik ben van gedachten veranderd. Ik ben een paar dagen in de stad en ik zou graag deze onderdanige kant van je willen ontdekken als je me dat toestaat. "

Linda dacht erover na terwijl ze op de eieren kauwde.

Ze was pas een paar maanden vrijgezel, maar had de intensiteit van de seks gemist.

Ze was nog nooit zo opgewonden geweest.

Er was geen relatie, alleen seks.

Ze zou dat kunnen doen.

'Natuurlijk. Moet ik u meneer noemen?' Linda glimlachte en toen Peter lachte, wist hij het antwoord.

'Alleen in de slaapkamer. Of waar we ook neuken. Ik moet een paar uur naar kantoor. Ik ben rond één uur terug. Ik wil dat je doucht en naakt bent. Ga op de eettafel liggen en wacht voor mij."

Linda knikte.

Hij kuste haar wang voordat ze de hotelkamer verliet.

Linda had geen idee waar ze aan begonnen was, maar ze wist dat ze het leuk zou vinden.

HOOFDSTUK 6

Zoals hij had gevraagd, douchte ze en deed haar blonde haar in een paardenstaart.

Hij was zo vriendelijk om het haar te vertellen wanneer ze in het hotel aankwam en tegen de tijd dat hij de suite binnenkwam, lag ze op de eettafel.

"Mmm schat. Wrijf over je poesje."

Linda gehoorzaamde en keek toe hoe Peter aan het hoofd van de tafel kwam zitten.

Zijn benen stonden voor hem open.

Hij likte zijn vingers en liet ze toen tegen haar klitje glijden en begon te wrijven.

Ze wist precies wat ze moest doen om opgewonden te raken en kreunde en hijgde snel.

'Kom niet. Raak jezelf niet meer aan.'

Linda keek Peter met grote ogen aan.

Ze bewoog haar hand en haalde diep adem.

"Ik wil komen."

"Je komt alleen als ik je verlaat. Zuig nu aan mijn lul."

Peter stond op en knoopte zijn broek los.

Hij draaide haar om zodat ze op haar rug lag met haar hoofd aan de tafel.

Hij leidde zijn pik in haar mond en stootte.

'Je bent een stoute meid. Heel erg.'

Peter sloeg haar kutje en wachtte op een reactie.

Ze kreunde en hij deed het weer.

"Slechte meisjes worden gestraft."

Hij rolde haar tepels tussen zijn duim en wijsvinger en ze stopte.

Haar mond zat strak om zijn pik en ze was helemaal niet gestopt met zuigen aan zijn pik.

Hij wilde in haar mond komen, dus hij duwde nog een laatste keer en kreunde.

Linda probeerde zich terug te trekken, maar dat lukte niet.

Het enige wat hij kon doen, was de hete zoute vloeistof inslikken die in zijn mond stroomde.

Eindelijk, toen hij klaar was met het gieten van zijn sperma in haar mond, trok hij zich terug.

'Je bent een goede klootzak. Ik denk dat je het verdient om te komen.'

Linda's ogen waren smekend.

Ze wilde wanhopig over haar klitje wrijven.

De ruwheid die Peter op haar gebruikte was zo opwindend en hij wist dat ze zou komen zodra hij haar klitje aanraakte.

"Mag ik komen? Alsjeblieft?"

Linda smeekte terwijl ze aan de eettafel zat.

Peter keek haar aan zonder te vergoelijken en wachtte.

Hij hield ervan hoe onderdanig ze zich gedroeg en uit de plas onder haar wist hij dat ze opgewonden was.

"Komen."

Peter pakte haar pols en leidde haar de kamer in.

Voordat ze het wist, werd ze weer aan het bed vastgebonden, dit keer met haar gezicht naar beneden.

Hij spreidde haar benen en sloeg haar linkerbil.

De klap weergalmde door de grote kamer en deed dat opnieuw.

Linda durfde niet te huilen, stopte gewoon haar hoofd in het kussen en kreunde van opwinding.

'Mijn stoute meid verdient straf. Vertel me waarom je een slechte meid bent.'

Linda luisterde nauwelijks.

Ze was wanhopig op zoek naar iets om haar te laten klaarkomen en hoe meer ze aan de banden trok die haar handen bij elkaar hielden, hoe gefrustreerder ze werd.

'Zeg me waarom je een stoute meid bent, of ik stop.'

Linda schrok uit haar slaap.

'Ik ben een stoute meid omdat ik het uit wil maken. Ik ben een stoute meid omdat ik niet naar je luister.'

Linda spuugde de woorden uit en bad dat hij haar zou aanraken.

Peter glimlachte.

Hij had haar genoeg gepusht voor vandaag.

Hij stopte zijn pik in haar kutje en neukte haar doggy style.

Hij sloeg zijn handen om haar paardenstaart en trok zich terug.

Hij sloeg keer op keer tegen haar aan en voelde haar twee keer achter elkaar klaarkomen.

Ze zweeg terwijl ze haar hoofd in de kussens begroef.

Ten slotte duwde hij en kwam in haar.

"Oh shit, je bent sexy." Peter hapte naar adem toen hij de knoop in zijn das losmaakte en losliet.

Linda kon alleen maar glimlachen.

'Ik haat het dat je morgen vertrekt.'

Linda beet hard op haar lip om haar emoties te verbergen.

Ze wilde dat dit voor altijd zou duren.

TWEEDE DEEL

HOOFDSTUK 7

Linda was kleren aan het kopen.

Peter had haar een creditcard gegeven en ze keek reikhalzend uit naar zijn komst in de stad.

Ze hadden elkaar een paar maanden geleden ontmoet en elke keer dat hij in de stad was, brachten ze dagen door met intense en ruige seks.

Ze vond het heerlijk om zo onderdanig te zijn en het kostte haar die eerste keer bijna een week om te herstellen van de intense orgasmes.

Linda droeg een mouwloos topje en een korte spijkerbroek.

Haar blonde haar zat in een vlecht en ze keek naar een prachtige set met beha en slipje.

Het was kanten en had de perfecte roze tint.

Haar telefoon ging en ze nam op.

"Hallo?"

"Wrijf je poesje voor me."

Peter was al ingecheckt in het hotel.

Hij had een vroege vlucht genomen, zodat hij wat tijd had om met Linda te spelen.

Hij stelde zich voor dat ze aan het winkelen was.

"Ik ben in het openbaar Peter."

Linda hoopte dat niemand haar stem aan de telefoon kon horen.

'Kan me niet schelen. Wrijf over je poesje.'

Linda bewoog zodat niemand het kon zien en begon met haar vingers over haar korte spijkerbroek te wrijven.

"Schuif je wijsvinger in je poesje."

Linda deed wat haar werd opgedragen.

Ze was al doornat en ze vroeg zich af of ze haar erop zouden betrappen.

De verkoopster was bezig met een andere klant en merkte niet dat Linda kronkelend tegen de plank met dure bh's zat.

'Komt u er bijna aan?'

"Uhhhh".

Linda kon niets zeggen.

De toon van zijn stem was zo indrukwekkend en Peter was nog maar net begonnen.

'Goed. Raak jezelf nu niet meer aan en ontmoet me in de lobby van het hotel.'

Peter hing op en nestelde zich in zijn kamer.

Hij kon zich Linda in het winkelcentrum voorstellen of wanhopig over straat lopen om klaar te komen.

Hij wist dat ze zichzelf niet zou aanraken totdat hij het zei.

* * *

Linda vloekte zachtjes en besloot de duurste bh en slipje in de winkel te kopen.

Ze kocht de lingerie en liep kordaat naar een taxi.

De hele weg kronkelde ze in haar stoel.

Ze wilde zo graag komen en wilde Peter graag zien.

Hij sprong praktisch uit het hokje en rende de lobby van het hotel in.

Hij keek rond en kon het niet zien.

Haar telefoon ging en ze nam op.

"Ja?"

'Vraag de receptioniste om mijn kamersleutel.'

Linda hing op en rende praktisch naar de receptie.

Hij pakte de sleutel die ze hem gaven en was zo snel mogelijk in de lift.

Op het moment dat de suite deuren opengingen, rende ze de woonkamer in.

Peter was gekleed in een zijden pyjama en had een lange zijden sjaal vast.

"Neuk jezelf."

Linda rende weg en probeerde hem te kussen.

Zijn handen zwierven over haar hele lichaam, maar hij duwde haar weg.

'Wrijf over mijn poesje. Laat me zien hoeveel je het nodig hebt.'

Linda trok haar spijkerbroek en slipje uit en viel op haar knieën.

Ze spreidde haar knieën en haar heupen wiegden terwijl zijn vingers diep in haar kutje groeven.

Peter keek op en glimlachte.

Ze was zo geil en hij vond het geweldig.

"Hou op."

Linda keek op.

Hij wilde wanhopig verder gaan, maar hij wist dat hij moest gehoorzamen.

"Ja meneer."

Peter pakte haar hand en draaide hem achter haar rug.

Hij pakte ook haar andere hand vast.

Hij beet zo hard in haar nek dat het een spoor achterliet.

Linda was zo opgewonden van zijn beet dat ze niet besefte dat haar handen al vastgebonden waren.

'Je bent vanavond mijn hoer. Zeg het maar. Zeg me dat je mijn hoer bent.'

"Ik ben je hoer."

Linda's ogen waren glazig en het enige waar ze aan kon denken was zijn lul.

Haar broek bedekte haar en ze kon een natte cirkel zien waar het hoofd van zijn lid was.

Hij kon haar voorvocht bijna in zijn mond proeven.

Ze was zo geil.

Peter keek naar Linda en wist dat hij vanavond al zijn grenzen ging verleggen met haar.

Dat was iets waar hij op had gehoopt sinds hij haar in het casino had ontmoet.

HOOFDSTUK 8

Hij trok haar bij de zijden sjaal en drukte haar gezicht op het bed.

Hij sloeg hem drie keer zo hard op zijn kont als normaal, totdat hij zijn handafdruk zag.

'Je bent mijn hoer. Ik laat je vanavond komen.'

Linda kon niet eens antwoorden.

Hij wreef met haar klit over de zachte lakens, maar kreeg niet voldoende druk om haar te verzadigen.

Ze was klaar om te komen, maar Peter repareerde het.

Hij stak vier vingers in haar kutje en stootte hard.

Zijn duim vond haar klitje en wreef erover.

Zijn hand zat onder haar sappen en hij vond het heerlijk.

Hij voelde haar voor het eerst klaarkomen.

Hij had amper tijd om te herstellen toen hij haar baarmoederhals vond en begon te strelen.

Ze schreeuwde en probeerde weg te komen.

Het was zo'n gevoelig deel en ik wilde tegelijkertijd schreeuwen en kreunen.

Zijn wijsvinger die het gevoelige kussentje in haar kutje streelde, maakte haar langzaam gek.

Ze was weer dicht bij een orgasme, maar de pijn van zijn aanraking hield haar tegen.

Peter hield haar overeind en zette de aanval voort.

Hij raakte haar harder en sneller aan.

Toen ze weer aankwam, voelde ze een stroom hete sappen in de palm van haar hand.

Hij stak zijn hand uit en greep haar keel.

Ze veranderde in een puinhoop en hij hield van haar.

Hij trok zijn hand uit haar kutje en trok zijn broek naar beneden.

Hij stopte zijn pik in haar en begon haar te neuken.

"Je bent mijn hoer. Ik hou van je strakke en natte poesje. Ik ga je poesje overspoelen met mijn sperma."

Peter gooide haar heen en weer bij de zijden das en toen hij aankwam, schreeuwde hij.

Het voelde zo goed om bij haar binnen te komen.

Hij besefte dat hij het meestal langer kon volhouden, maar bij Linda was het anders.

Alleen al door aan haar te denken, werd hij opgewonden.

De aanblik van haar deed zijn pik kloppen en tegen de tijd dat hij haar aanraakte, was ze bijna klaar met een orgasme.

'God, ik hou ervan om met je te neuken. Ik heb pas morgen een vergadering. Dus tot die tijd zul je mijn speeltje zijn.'

EINDE

45

GEKLED VOOR DE GELEGENHEID

47

De stilte van de nacht omringde haar en drukte met zijn sereniteit op haar, in een poging haar angst te kalmeren.

Dat kon haar echter niet kalmeren.

Ongebreidelde gevoelens die ze niet gewend was en nog nooit eerder had ervaren , stroomden door haar lichaam en maakten haar zenuwachtig.

Haar hakken klikten zachtjes over het verharde pad terwijl ze naar de lucht keek.

Waarom ga je daar vanavond heen?

Waarom had ze zich zo gekleed?

Ze voelde de macht die zijn blik over haar had.

Ze zuchtte en liet haar geest stoppen met denken aan de gebeurtenissen die vanavond zouden kunnen gebeuren.

* * *

Het voelde alsof alle ogen op haar gericht waren toen ze het pand binnenkwam.

Haar stiletto's klikten tegen de hardhouten vloer toen ze de dansvloer overstak en naar de bar liep.

De rok van haar rood-zwarte outfit zwaaide bij elke stap heen en weer, waarbij de rode streep tegen haar knie vloeide terwijl de zwarte een paar centimeter erboven rustte.

De blouse hing losjes over haar schouders en langs haar borsten, en stuiterde net genoeg om de aandacht te trekken bij elke stap die ze zette, en liet een royale hoeveelheid huid zien.

En zonder bh.

Ze wist hoe ze eruitzag in deze outfit.

Ze zag eruit als een slet.

Ze maakte de look af met een zwarte kanten choker om haar nek en een vleugje rode lippenstift.

Hij zat tussen een man en een vrouw in en glimlachte naar de ober.

"Hallo James."

'Samy. Het is goed je weer te zien.' Hij liet zijn ogen langzaam over haar gezicht en borsten glijden. 'Heel goed zelfs. En voor wie is de gelegenheid?'

Ze schudde haar hoofd en glimlachte, waardoor een lok krullen over haar oor viel.

'Er is geen gelegenheid voor. Ik had gewoon zin om me zo te kleden.'

Hij reikte over de bar en stopte de krul achter haar oor.

Zijn vingers streken langs de zijkant van haar wang en ze vergat bijna hoe ze moest ademen.

'Je zou je vaker zo moeten kleden.'

"Misschien zal ik."

'Ik kom vanavond rond elf uur van mijn werk af. Wil je daarna dansen?'

Ze knikte langzaam, niet in staat haar blik van de zijne af te wenden.

Met heel langzame precisie leunde hij over de bar en bracht zijn lippen naar de hare, waardoor de kus net genoeg werd verdiept om haar naar meer te laten verlangen voordat hij zich terugtrok.

"Ongeveer twintig minuten."

* * *

Die twintig minuten hadden nog nooit zo lang geleken in Samy's leven.

Ze keek voortdurend naar alles om haar heen, zich bewust van elke beweging die hij maakte, zonder zelfs maar naar hem te kijken.

Het was alsof haar zintuigen op haar lichaam waren afgestemd, maar ze sprong nog steeds toen hij haar achter op de schouder aanraakte.

Hij had de kraag van zijn zwarte overhemd losgeknoopt en glimlachte naar haar terwijl hij zijn hand uitstak.

'Ik denk dat je mij een dans schuldig bent.'

Toen ze haar hand in de zijne legde, was het alsof er een kleine elektrische schok door haar lichaam ging.

Hij glimlachte terwijl hij haar naar een hoek van de dansvloer leidde en trok haar toen dicht bij zijn lichaam toen het lied veranderde.

Het was langzaam en verleidelijk, en zijn ritme leek overeen te komen met haar hart terwijl ze tegen hem aandrukte.

En zomaar was ze zich scherp bewust van de harde contouren die tegen haar zachte lichaam golfden.

Ze sloeg haar armen om hem heen en drukte haar handen tegen zijn zachte achterste rondingen terwijl ze heen en weer zwaaiden.

Hij boog zich voorover en drukte zijn lippen tegen de hare, spreidde ze zachtjes en verleidde haar met zijn tong.

Zijn hand gleed lager over haar rug, rustend op haar heup, gleed laag genoeg om één wang van haar kont te strelen terwijl hij haar onderlichaam tegen de zijne trok.

Ze hapte naar adem toen ze voelde hoe hard hij echt tegen haar aan drukte en ze had kunnen zweren dat ze hem hoorde kreunen.

Maar net toen hij dat deed, riep de andere ober naar hem en hij zuchtte en liet zijn hoofd achterover hangen.

'Samy... ik ben zo terug. Ik zweer het. Ga nergens heen.'

Ze knikte enigszins dwaas terwijl ze wegliep van de dansvloer en een afgelegen hokje in liep.

Hij keek toe hoe James terug de bar in liep en zich weer over hem heen boog, terwijl hij met Joseph praatte.

Joseph was de vervangende barman voor die avond.

Hij nam het altijd over als James met pensioen ging.

Toen hij een lange, langbenige blondine zich bij hen zag voegen, besefte hij iets.

Zo'n soort meisje was zij niet.

Ik had geen idee wat ik aan het doen was.

James was het soort man dat altijd een meisje beschikbaar had, een lang, blond, super sexy meisje.

En ze was klein, donker en Latina.

Ze vertrok rennend.

Zo snel en stil als hij kon.

Hij liep richting de deur en toen hij over zijn schouder keek, zag hij de blondine dicht bij James leunen en haar vingers over zijn arm strijken.

Ze zuchtte en schudde haar hoofd terwijl ze haar weg vervolgde.

Het zou niet goed zijn om erbij stil te staan en erover na te denken.

Haar voeten begonnen pijn te doen door haar hielen, dus trok ze ze uit en stapte weg van het geplaveide pad, terwijl ze zich door haar voeten naar de rand van de rivier liet leiden die ze zo goed kende.

Hij stak zijn voeten in de oever van de rivier en keek een hele tijd naar het water.

"Wat dacht ik?" Eindelijk mompelde ze.

"Dat is wat ik graag zou willen weten."

Ze schreeuwde bijna toen ze zich omdraaide.

James stond achter haar, de armen boos over elkaar geslagen en fronsend.

Maar de frons maakte langzaam plaats voor een blik van verwarring en bezorgdheid.

'Samy, je huilt. Wat is er aan de hand?'

Ze keek van hem weg en stak de rivier over naar de andere met gras begroeide oever.

'Ik had het niet moeten doen. Ik had vanavond niet zo gekleed naar de bar moeten komen. Ik had niet moeten denken dat ik een kans had.'

"Samy, waar heb je het in vredesnaam over?"

Hij liep naar haar toe en legde zijn hand op haar schouder.

Ze beefde, ze had het koud.

Hij trok haastig zijn jas uit en drapeerde die over haar schouders, terwijl hij achter haar aan liep om haar armen te wrijven.

'Je zag er prachtig uit daarbinnen. Ik denk dat ik vergat hoe ik moest ademen toen je binnenkwam.'

"Ik heb de vrouwen gezien met wie je normaal gesproken omgaat. Ik ben niet zoals zij, James. Ik ben niet elegant of supersexy. Ik ben niet blond, of lang, of lange benen, of heb een perfect lichaam. zoals zij. Ik heb daar geen oplossing voor . Ik wist niet eens wat ik deed.' Ze eindigde fluisterend.

'Echt waar ? Je had me daarbinnen voor de gek kunnen houden.'

Hij draaide haar naar zich toe, leunde naar voren en drukte zijn lippen tegen haar nek.

Ze huiverde.

"Je lichaam voelde perfect aan toen je me tegen je aan drukte op die dansvloer."

Hij strekte zijn hand uit en pakte haar borst vast, waarbij hij de omtrek van haar tepel door haar blouse trok.

Het deed haar een beetje huiveren.

"Ze leken zeker te weten wat ze wilden doen toen we elkaar kusten en aan het drukken waren."

Hij boog zich over haar heen en dwong haar naar beneden te gaan totdat ze op de grond lag.

'Laat me je laten zien, Samy. Laat me je laten zien dat je meer bent dan je denkt.'

Zijn lippen gleden langs de hare voordat ze langs haar nek naar beneden gleden en over de dunne blouse die haar borsten bedekte.

Haar adem stokte in haar keel toen zijn lippen eerst de ene tepel vonden en daarna de andere, en er langzaam aan zoog terwijl ze zich in zijn aanraking boog.

Zijn vingers vonden behendig de zoom van haar overhemd en begonnen het langzaam omhoog te trekken, terwijl ze haar huid plaagden toen deze zich openbaarde.

Hij tilde hem langs haar borsten en hield hem net boven hen terwijl hij haar rechterborst kuste en haar huid proefde.

Ze kreunde toen James eindelijk zijn lippen naar de top van haar borst bracht, de tepel tussen zijn tanden nam en er zachtjes aan trok voordat hij erop zoog.

Ze kreunde nog luider toen zijn hand haar andere borst begon te kneden, terwijl hij zijn handpalm herhaaldelijk over haar tepel rolde.

"Zie je?" Hij ademde tegen haar huid. "Jij bent de perfecte vrouw".

Op weg naar beneden begon hij haar te kussen , waarbij hij met zijn tong cirkels rond haar navel trok.

James glimlachte naar haar terwijl hij haar rok pakte en in plaats van hem naar beneden te trekken, duwde hij hem omhoog.

De voorkant vouwde naar achteren en het volgende moment plaatste hij zachte, speelse kusjes langs haar hete heuveltje boven haar slipje.

Ze was al nat.

Ze voelde hem door haar slipje terwijl hij zijn neus tegen haar wreef.

Ze beefde onder hem en hij streelde zachtjes haar vingers op en neer terwijl hij zijn tanden gebruikte om haar slipje naar beneden te laten glijden.

Hij kuste haar opnieuw, zonder enige barrière tussen zijn lippen en haar kutje.

Hij begon zijn tong langs haar spleet te laten glijden en zij kreunde, haar heupen wild gebogen zodat hij zijn tong diep in haar drukte en hem over haar clitoris trok.

Samy kreunde en boog zich tegen zijn tong, terwijl het genot door haar heen stroomde terwijl hij met zijn tanden langs haar klitje streek en een vinger in haar liet glijden.

'Ik heb gelogen,' ademde hij tegen haar klitje. "Ik vergat niet alleen hoe ik moest ademen."

James zoog zachtjes op haar klitje, terwijl zijn vinger in en uit haar strakheid pompte.

'Ik kwam bijna in mijn broek, alleen al toen ik naar je keek.'

Haar vingers grepen zijn haar vast, en hij glimlachte tegen haar kutje terwijl hij een tweede vinger in haar liet glijden, herhaaldelijk met zijn tong over haar klitje glijdend totdat haar lichaam trilde onder zijn mond.

Zijn vingers streelden haar, in en uit, haar opgewonden, haar lichaam overhalend om te reageren totdat ze tegen zijn hand en tong wiegde.

'James,' haar stem haperde bijna terwijl hij in zijn hand kronkelde. "Alsjeblieft, stop nu niet!"

Zijn woorden klonken op een zachte, wetende toon, maar werden al snel luider terwijl ze schreeuwde van plezier.

Hij beet zachtjes op haar klitje en zoog er nu hard op, terwijl zijn vingers hard in haar duwden om haar hoogtepunt te bereiken.

Hij likte gretig haar sappen op en toen het trillen van haar lichaam afnam,

Toen hij klaar was, ging hij boven haar staan.

Hij glimlachte en legde zijn voorhoofd tegen het hare, terwijl hij zijn lichaam tegen het hare liet strijken terwijl hij in haar ogen keek.

'Ik zei toch dat jij net zo'n vrouw bent als zij, zo niet nog meer.'

Zijn ogen flitsten met iets wat op twijfel leek toen hij in James' ogen keek, maar toen liet hij zijn vingers over zijn borst glijden naar de harde bobbel in zijn broek.

'Heb je het daarom zo moeilijk?

Omdat ik een vrouw ben zoals zij?"

Haar vingers gleden op en neer langs zijn pik, en hij kon de kreun niet onderdrukken die langs zijn lippen gleed.

Hij had echter geen kans om te reageren toen haar lippen de zijne vonden en alle gedachten uit zijn hoofd werden gewist.

Haar vingers gleden naar zijn borst en behendig begon ze zijn overhemd los te knopen.

Ze trok hem snel uit zijn broek en duwde hem opzij terwijl ze zijn shirt helemaal uittrok.

De knoop van zijn broek rukte open en de rits gleed bijna vanzelf weg.

Ze trok zijn broek en boxershort ver genoeg naar beneden om zijn pik vrij te maken, sloeg haar kleine hand eromheen en streelde hem langzaam zodat hij kreunde en zichzelf gretig tegen haar hand drukte.

Hij kreunde geïrriteerd en stond op, trok in één beweging zijn broek en boxer uit en draaide zich naar haar toe.

Ze zat nu op haar knieën en glimlachte naar hem terwijl ze opnieuw haar hand om hem heen sloeg.

Hij boog zich over haar heen, streelde haar langzaam en sloot zijn ogen.

Het volgende moment spreidde hij ze echter terwijl haar lippen zich om zijn pik wikkelden en ze langzaam op en neer langs zijn harde lid bewoog.

Hij legde nu zijn handen op de achterkant van haar hoofd en begon haar langzaam in en uit haar mond te duwen, kreunend terwijl ze hem bij elke beweging zoog.

Het duurde niet lang voordat de zachte bewegingen snel en kort werden. Samy zoog hem harder naarmate hij zijn hoofd sneller bewoog.

Haar hand streelde zijn ballen en rolde ze heen en weer terwijl haar mond zich om hem heen klemde.

Toen ze met haar tong op de kop van zijn pik speelde, explodeerde hij in haar mond.

Ze slikte snel terwijl hij zijn lading naar haar toe stuurde en haar mond en keel tegen zijn pik drukte, waardoor hij nog harder en met meer uitbarstingen klaarkwam, totdat hij uiteindelijk zichzelf uitputte.

Ze liet de pik langzaam uit haar mond glijden en liet haar blik naar de grond vallen.

Hij viel voor haar op zijn knieën en legde zijn hand tegen haar wang.

Ze waren nog maar een stap verwijderd toen James' vinger de zijkant van haar gezicht bestreek, zijn vinger onder haar kin doopte en haar ogen naar de zijne opsloeg.

"We zijn nog niet klaar."

Zijn stem was zo laag dat er rillingen over haar rug liepen terwijl ze hem verbaasd aanstaarde.

Hij leunde naar voren en drukte zijn lippen tegen haar aan, waardoor de kus snel dieper werd.

Terwijl zijn tong langs haar lippen gleed, gleed een hand achter haar en trok haar tegen zich aan zodat ze van vlees tot vlees waren.

Haar tepels drukten gelukzalig tegen zijn borst, en zijn nieuwe erectie drukte hard tegen zijn onderbuik.

Ze bewoog zich en wreef langzaam met haar lichaam langs hem heen, waardoor hij kreunde toen hun kus koortsachtig werd.

Hij legde haar weer neer en schoof haar rok langs haar benen.

Hij keek haar lang aan voordat hij zich bewoog.

Hij boog zich weer over haar heen en plaatste een lichte kus op haar buik, net boven haar navel.

Hij glimlachte tegen haar warme huid en begon haar naar boven te kussen, waarmee hij zijn eerdere daden ongedaan maakte.

Zijn lippen plaagden nauwelijks tegen haar borsten voordat ze zich in haar nek nestelden en haar hartslag streelden.

Hij klopte tussen haar benen, zijn lid drukte tegen haar natte spleet terwijl ze haar benen om zijn middel sloeg en hij zijn armen om haar heen sloeg.

In één snelle beweging zat James bij haar op zijn schoot en, als dit mogelijk was, drukte hij zijn pik nog verder in haar.

Ze kronkelde een beetje en hij kreunde.

Hij kuste haar tot hij net onder haar oor reikte en zachtjes aan haar oorlel trok.

"Zeg eens, Samy, wil je het?"

Zijn adem voelde heet tegen haar huid en ze huiverde.

"Wil je dat mijn grote, harde pik in je begraven wordt?"

Samy's reactie klonk bijna als een kreun terwijl ze zichzelf tegen hem aan wreef.

'Ja. Alsjeblieft, James, ik wil dit sinds...' maar ze stopte snel, nog steeds met een blos op haar wangen, en keek weg.

James had daar geen idee van.

Hij dwong zijn blik terug naar de hare en liet zijn erectie tegen haar rusten.

'Maak af wat je zei.'

Ze kreunde en haar nagels groeven lichtjes in zijn huid.

'Dit wil ik al sinds ik je ontmoette.'

'Vertel me dan hoe graag je het wilt.'

Het was geen eis, meer een verzoek terwijl hij zijn vingers over haar borsten liet glijden en langzaam haar vlees kneedde.

Hij voelde haar hitte tegen zijn pik uitstralen, en hij deed er alles aan om hem niet zomaar weg te gooien en te pakken.

Haar reactie verraste hem en verbrijzelde alle zelfbeheersing die hij had gebruikt.

'Ik wil het niet. Ik heb het nodig, James.'

Haar ogen waren nu op de zijne gericht en hij kreunde zachtjes tegen haar huid terwijl ze zichzelf steviger aandrukte.

"Ik heb het zo hard nodig, ik heb er zo lang van gedroomd. Alsjeblieft. Ik wil dat je me neukt."

Dat kon ik hem niet meer ontzeggen.

Daarna kon hij zich niet langer inhouden.

Hij tilde haar op totdat de eikel van zijn pik tegen haar opening werd gedrukt en liet hem toen snel op haar vallen.

Ze kreunden allebei.

Haar kutje zat zo strak om zijn pik dat toen hij haar op en neer begon te bewegen op zijn lid, zijn harde lengte nog groter leek in haar ingekapseld.

Ze kreunde en gebruikte haar benen als hefboom en begon op zijn pik te stuiteren.

Haar borsten stuiterden vrijelijk tegen hem aan en haar tepels lonken naar hem terwijl hij naar voren leunde en begon te zuigen.

Ze kreunde en begon sneller op zijn pik te stuiteren, terwijl ze zichzelf keer op keer duwde.

Zijn lippen plaagden haar tepels, trokken ze naar binnen en zogen, streek er vervolgens met zijn tong overheen en knabbelde terwijl ze heen en weer wiebelde , kreunend tegen haar huid en trillingen door haar beten stuurde.

Haar kutje was zo nat dat het vocht langs zijn pik liep, en hij kreunde toen ze opzettelijk haar spleet om hem heen klemde, waardoor hij zich nog meer tegen haar verzette.

Hij hield ze allebei schuin zodat ze weer op haar rug op het gras lag en begon zijn pik hard in en uit haar te rammen.

Samy kreunde nog luider, haar nagels harkten haar terug terwijl een nieuwe harde stoot haar terug naar haar hoogtepunt bracht.

De strakke kramp rond zijn pik zorgde ervoor dat James ook snel klaarkwam en hij ramde nog sneller tegen haar aan, grommend terwijl zijn hete sperma haar vulde totdat het langs haar dijen stroomde.

Hij viel opzij en hijgde.

Vervolgens trok hij haar naar zich toe en plaatste zachte kusjes op de zijkant van haar gezicht.

'Zal het nog vijf jaar duren voordat je dapper genoeg bent om dit nog een keer te doen?'

Hij glimlachte en kuste haar mondhoek.

'Nooit, James.'

Samy glimlachte en drukte haar lippen tegen de zijne.

'Mooi, want ik denk niet dat ik langer dan een dag of twee mijn handen van je af kan houden.'

Samy's gelach galmde over het meer en James glimlachte terwijl hij rechtop ging zitten en haar diep kuste.

Dit zou zeker het begin kunnen zijn van iets heel interessants.

ONVERWACHTE ONTVANGST

59

Glenn komt thuis na een zware werkdag en laat zijn koffertje en jas bij de deur achter.

Hij vindt het ongewoon stil in huis, maar besteedt er niet veel aandacht aan en gaat naar de slaapkamer.

Terwijl hij de trap oploopt, ruikt hij de heerlijke geur van het parfum van zijn geliefde vrouw Susan.

Wanneer hij de overloop bereikt, hoort hij de zwakke geluiden van muziek die zwakjes door de deur naar zijn kamer ontsnappen.

Hij zorgt ervoor dat hij geen geluid maakt en opent langzaam de deur.

"Susan?" ' Zegt hij met een nogal diepe mannenstem.

Terwijl de deur steeds verder opengaat, doet de aanblik van zijn naakte lichaam dat op het bed ligt hem huiveren.

"Ja schatje." ' zegt ze met zwoele stem.

Hij begint naar het bed te lopen, maar zij zegt dat hij moet stoppen.

Verbaasd doet hij wat hem wordt opgedragen, wetende dat ze iets aan haar hoofd heeft.

Ze stapt uit bed.

Zijn lichaam beweegt met grote gratie.

Hij kan het niet helpen dat hij gefixeerd is op haar heerlijke borst die licht beweegt terwijl ze naar hem toe loopt.

Hij voelt zijn pik verharden terwijl zijn gedachten door hem heen gaan

"Zij is zo mooi".

Ze strekt haar handen uit en maakt zijn riem los.

Ook zijn broek, hij knoopt hem los en laat hem zakken.

Dit doet hem trillen van opwinding.

Omdat ze hem zo opgewonden ziet, glimlacht ze en trekt zijn boxershort naar beneden met een hongerige behoefte om aan zijn harde lid te zuigen.

Ze legt zachtjes haar handen op zijn nu stijve pik en streelt hem langzaam.

Vervolgens steekt hij zijn tong uit en likt het hoofd voordat hij het in zijn mond stopt.

Hij kreunt terwijl ze aan zijn harde pik begint te zuigen.

Het beweegt het steeds sneller in en uit zijn mond.

Dan keert hij langzaam terug naar een laag tempo en draait zijn tong rond het hoofd terwijl hij het met zijn hand streelt.

Hij kreunt terwijl haar hand de roze eikel van zijn pik streelt.

Dan likt ze zijn ballen tot aan het puntje van zijn pik.

Ze haalt het uit haar mond en staat op om hem hartstochtelijk te kussen terwijl ze zijn shirt uittrekt.

Hij slaat zijn warme armen om haar heen, trekt haar dichter naar zich toe en voelt haar borsten tegen zijn borst gedrukt.

Terwijl ze kussen, glijden zijn handen langs haar lichaam en voelen haar zachte huid onder zijn vingertoppen.

Zijn handen bewegen over haar kont en hij knijpt er hard in.

Hij tilt haar op bij de kont, slaat haar benen om zijn middel en loopt richting het bed.

Hij legt haar zachtjes neer en gaat bovenop haar liggen.

Hij kust haar diep, tot aan haar nek en borst.

Hij likt langzaam rond haar rechterborst en komt dichter bij haar nu stijve tepel.

Hij plaatst haar tepel in zijn mond en zuigt erop, waarbij hij er zachtjes op bijt.

Hij gaat naar de andere borst, reikt naar beneden en begint over haar clitoris te wrijven, waardoor ze sneller gaat ademen en lichtjes begint te kreunen.

Hij wrijft sneller terwijl hij haar buik kust, waarbij hij zich op haar navel concentreert.

Ze voelt dat ze erg nat wordt en haar ademhaling versnelt.

Hij kust haar schattige heuveltje en vervangt dan zijn vingers door zijn tong.

Zachtjes zuigen en bijten op haar clitoris.

Dit stuurt haar op een golf van plezier, kreunend.

Dan steekt ze een vinger in die langs haar gezwollen schaamlippen naar die geheime, gladde plek gaat.

Hij schuift zijn vinger langzaam naar binnen en naar buiten en steekt dan snel een andere vinger in terwijl ze kreunt.

Hij blijft zich concentreren op het zuigen aan haar klitje, terwijl zijn vingers die speciale plek in haar raken waarvan hij weet dat ze er helemaal gek van wordt.

Ze kreunt luid en voelt een tintelend gevoel van haar rechterbeen omhoog en rond haar lichaam en naar haar linkerbeen.

"Oh baby!" ze kreunt: "Dat voelt zo goed!"

Glenn weet dat als hij dit volhoudt, ze zeker over de rand zal gaan, dus gaat hij langzamer rijden en kust haar een weg terug om haar mond te verslinden.

Ze delen een hartstochtelijke kus.

Hun tongen dansen samen.

Hij haalt zijn vingers uit haar inmiddels doorweekte kutje en begint haar rechterborst te masseren.

Haar gekreun onderdrukt door de kussen.

De kus breekt en ze fluistert in zijn oor:

"Ik heb je in mij nodig, schat."

De vermelding van zijn harde pik die in het natte poesje van zijn geliefde glijdt, doet hem grommen van lust en hij beweegt bovenop haar.

Hij spreidt haar benen met zijn heupen en positioneert zich om haar binnen te gaan.

Hij speelt ermee, steekt alleen het hoofd in en trekt zich dan langzaam terug.

"Geef het mij alsjeblieft allemaal." Ze smeekt hem, maar hij heeft de overhand en houdt het tempo van het spel bij. Hij steekt alleen de punt in en trekt hem terug als ze begint te kreunen.

Eindelijk, op een onverwacht moment, drijft hij zijn harde lid helemaal naar binnen om haar te laten gillen.

Hij begint langzaam met lange, harde slagen in en uit haar te duwen.

Hij begint harder en sneller te strelen en trekt aan haar kont voor diepere penetratie.

"Oh God, je voelt je zo goed in mij. Ik hou zoveel van je als je mijn poesje neukt."

Hierop gromt hij en trekt zich plotseling terug.

Hij gebaart dat ze zich moet omdraaien en dat doet ze snel met een sprongetje van opwinding.

Hij weet dat haar van achteren betreden een van haar favoriete standjes is en hij geeft het haar ook graag op die manier.

Hij steekt zijn pik in haar en begint hard en snel te stoten.

Ze kreunt luid en zegt het hem nog luider.

Hij houdt ervan om zijn lieve vrouw te neuken, dus hij begint ruiger tegen haar te worden.

Zijn lichaam en ballen sloegen tegen haar nu rode kont.

Ze begint zich terug te duwen in zijn stoten, waardoor zijn pik nog dieper naar binnen dringt.

Ze kreunen allebei van plezier.

"Oh, ik ga klaarkomen, schat. Ben je klaar voor mijn klaarkomen?"

"Oh ja schat, ik ga ook klaarkomen."

Nog een paar slagen en Susan schreeuwt van plezier en haar lichaam begint te trillen terwijl haar orgasme haar overweldigt.

Glenn voelt dat de wanden van haar kutje zijn pik beginnen te melken en hij kan er niet meer tegen.

Hij gromt haar naam en schiet zijn hete sperma diep in haar nu romige en natte kutje.

Susan, uitgeput door zijn explosie, leunt op haar ellebogen terwijl ze voelt dat hij nog een paar straaltjes sperma in haar spuit.

Tevreden, en proberend niet bovenop haar te vallen, trekt hij zich langzaam terug uit haar kutje, pakt haar bij haar middel en trekt haar mee op bed.

Ze kijken elkaar in de ogen, beide vertroebeld door de krachtige orgasmes die zojuist enkele seconden geleden door hun lichaam waren gegaan.

Een voldoening van wederzijdse kennis blijft in de kamer hangen terwijl de twee in elkaars armen in slaap vallen.

ONTEVREDEN

Het is een koele ochtend.

Ik moet naar mijn werk, maar ik heb geen zin om op te staan.

Terwijl ik hier lig, denk ik eraan om van je te houden.

Ik zie je ogen naar mij kijken, naar mij glimlachen.

Ik voel de warmte al in mijn kruis opbouwen.

Ik laat mijn hand zachtjes over mijn borsten glijden alsof je ogen hem volgen.

Mijn tepels reageren onmiddellijk en worden harder.

Ik til de borst op en zuig zachtjes een tepel in mijn mond.

Ik voel je lippen zich om de andere tepel sluiten en een diepe kreun ontsnapt aan mijn lippen.

Ik voel het sap terwijl het uit de binnenkant van mijn poesje naar beneden begint te glijden.

Ik beweeg mijn handen rond mijn buik en dan naar mijn buik, terwijl ik me voorstel dat je handen mij aanraken.

Langzaam laat ik mijn middelvinger in de nattigheid en warmte glijden.

Ik knijp in mijn vinger alsof je pik diep in mij begraven ligt.

Terwijl ik mijn vinger naar binnen en naar buiten schuif, beginnen mijn heupen in een cirkelvormige beweging te bewegen.

Ik voel dat mijn vinger meer wil van de sensatie die wordt gecreëerd.

De palm van mijn hand heeft het sap opgevangen dat nu uit mijn kutje komt.

Ik lik de zoete smaak van mijn handpalm en schuif mijn lange vinger in mijn mond, terwijl ik me voorstel dat het jouw heerlijke pik is.

Ik omring langzaam het topje van mijn vinger met mijn tong alsof het de eikel van je pik is.

Ik beweeg mijn tong langs mijn vinger en draai hem rond om elk stukje sap op te vangen.

Ik sluit mijn lippen stevig rond de basis van mijn vinger, schuif mijn mond naar de punt en begin met mijn tong rond de top van mijn vinger te bewegen.

Wat denk je dat je pik in mijn mond begraven ligt?

Ik zie hoe mijn hoofd op en neer beweegt en je diep in mijn keel zuigt terwijl mijn mondspieren werken.

Ik zuig aan je pik en je voelt mijn tong en mond aan je zuigen, net zoals ik het gevoel heb dat jij aan mijn tepels hebt gezogen.

Mijn tong beweegt overal , mijn natte lippen bewegen voortdurend met de behoefte om je harder, sneller en dieper te zuigen.

Ik ben erg opgewonden bij het idee om je in mij begraven te voelen.

Ik pak mijn vinger en schuif hem terug in mijn kutje, zorg ervoor dat hij doorweekt is.

Ik haal mijn vinger eruit en wrijf ermee over mijn spleet en dompel hem er weer in voor meer vocht.

Deze keer wrijf ik ook over mijn strakke achterste gaatje.

Ik schuif langzaam een vinger naar binnen en het orgasme is onmiddellijk.

Ik zou graag willen dat je mij tegelijkertijd met je vingers en je pik neukt.

Ik hou van het idee om door jou te worden vervuld.

Ik rol op mijn buik en begin met beide handen aan mijn klitje te werken.

Ik beweeg mijn handen naar mijn buik en druk stevig op mijn lieve heuvel.

Ik neuk mezelf met mijn handen totdat ik voel dat het gevoel begint.

Het gevoel begint diep van binnen en zorgt ervoor dat ik balde terwijl ik weer klaarkwam.

Ik beweeg mijn heupen sneller, mijn voeten krullen omhoog van de behoefte om van binnen te exploderen terwijl ik mezelf vinger.

Een lange, diepe, keelachtige kreun ontsnapt terwijl ik volledig climax en explodeer.

Uitgeput ga ik op mijn rug liggen, denk na over wat ik zojuist heb meegemaakt en merk dat ik weer opgewonden ben.

Ik blijf mezelf afvragen: "Wat is deze spreuk die je over mij hebt"?

Geen enkele man heeft mij zo opgewonden als jij.

Ik zie je in mijn gedachten, de liefdevolle en sexy man die je bent.

Ik voel je zachte, zoete lippen op de mijne.

De manier waarop je zijdezachte tong mijn lippen omlijnt en de zachte beet van je tanden.

De manier waarop je tong diep in mijn mond glijdt en proeft hoe hongerig ik naar je ben.

De manier waarop jouw tong de mijne omringt en de zoete uitwisseling van jouw speeksel zich vermengt met de mijne.

Ik kan je warme mond voelen terwijl hij naar mijn oor beweegt en de warmte van het puntje van je tong terwijl hij naar binnen schiet.

Het zachte gefluister van mijn naam brengt een stroom sperma rechtstreeks in mijn zoete poesje en je mond beweegt naar mijn harde, stijve tepels.

Langzaam cirkelt je tong rond mijn linkertepel en blaas je zo zachtjes.

Je sluit je mond over mijn reactieve hardheid en ik kreun.

Mijn rechterhand begint over mijn tepels te glijden en ik til de linkerborst naar mijn mond om zachtjes op de tepel te zuigen, waarbij ik imiteer hoe jouw mond zou aanvoelen.

Langzaam glijden mijn vingers over mijn ribben richting mijn buik en de lange, dunne vingers van mijn hand bereiken mijn lieve clitoris.

Zachtjes strijken de punten tegen de knop en mijn middelvinger glijdt naar binnen, naar de eerste knokkel, om het vocht te voelen dat zich daar heeft verzameld.

Ik schuif mijn vinger diep om je sperma vrij te laten en het honingsap op te vangen in de palm van mijn hand.

Ik lik het sap uit mijn handpalm en geniet van de smaak en geur van seks.

Ik schuif mijn middelvinger, tot aan de eerste knokkel, in mijn mond en stel me voor dat het de eikel van je pik is.

Langzaam draait mijn tong rond, opnieuw proef ik het sap en ik weet dat het jouw voorvocht is dat ik op mijn tong proef.

Mijn hete, natte mond glijdt over mijn vinger, alsof het jouw hete, gezwollen lid is.

Mijn mond sluit zich volledig en glijdt omhoog naar de punt terwijl mijn strakke mond alleen de denkbeeldige kop van je zijdezachte pik zuigt.

Terwijl ik het tempo opvoer van het neuken van mijn vinger in mijn mond, kan ik bijna de spanning in je ballen voelen terwijl het sperma begint te stijgen.

Bij deze gedachte voel ik het vocht uit mijn poesje glijden en ik weet dat ik mezelf moet neuken.

Ik rol snel op mijn buik en mijn handen reiken naar mijn kutje.

Ik druk ze hard tegen mijn heuvel, waarbij de kussentjes van mijn vingers mijn clitoris vinden.

Mijn heupen beginnen langzaam rond te draaien, rond en rond terwijl mijn voet- en beenspieren beginnen te spannen en mijn vingers mijn lieve poesje bewerken.

Ik zie je van achteren binnenkomen en ik stel me je pik voor, doordrenkt van mijn sappen en glinsterend van de nattigheid terwijl hij in en uit mijn kutje glijdt.

Oh, verdomme, ik ben zo verdomd opgewonden als mijn vingers en handpalmen hard drukken... zo hard als ze kunnen terwijl ik klaarkom.

Mijn voeten en benen zijn op elkaar geklemd, mijn lichaam beeft van de intensiteit.

Ik draai me op mijn rug en stel me je lieve, kloppende lul in mijn zaaddorstige poesje voor.

Mijn kutspieren blijven zich samenklemmen alsof ze het sperma uit je pik zuigen.

En ja, ik kan die hete tong van je bijna voelen terwijl hij door mijn spleet glijdt.

Je mond sluit zich over de lippen van mijn kutje en de snelle beweging van je tong zorgt ervoor dat ik in je mond klaarkom.

En jij staat op, gaat schrijlings op mijn lichaam zitten en schuift je met zaad doordrenkte pik in mijn mond.

Ik geniet van de smaak van onze gemengde sappen terwijl ik schoon zuig en lik.

Ik laat me op bed vallen, terwijl mijn lichaam nog steeds trilt en tintelt.

Wat een heerlijk gevoel laat je mij bij je voelen.

EINDE

71